당신의 파일명은
무엇인가요?

2024. 늦은 여름.

이 누리. ♥♥

칠면조가 숨어 있어

칠면조가 숨어 있어

위수정

위즈덤하우스

차례

마음에 말을 담아놓는 상자가 있다고
하자. 상자에는 말이 나오는 구멍이 있다.
구멍에는 거름망이 있는데 유미는 상자의
거름망을 촘촘하게 잘 조절해서 적절한
말만 딱 꺼내어놓는 사람이었다. 실없는
농담이나 남 이야기를 잘 하지 않았다. 낯선
이와의 자리에서도 침묵이 지나가는 모습을
큰 불편함 없이 바라보는 쪽이었다. 하지만
취하면 달라졌다. 상자의 거름망이 느슨해져
유미의 의지와 무관하게 말이 저절로 스르르

빠져나오는 것처럼 보였다. 선호는 평소와는
다른 유미의 모습에 끌렸다. 맥락 없이
이어지는 이야기를 듣고 있어도 지루하지
않았다. 유미가 이런 사람이었나. 셔츠
단추는 항상 딱 하나만 풀었고 쇼트커트에
빨간색 립스틱을 고집하는 유미 선배. 회사에
소문 없는 사람은 없었지만, 유미에 대해
선호가 기억하는 루머는 딱 하나였다. 남자
동료들끼리 담배를 피울 때였을 것이다.
레즈라는 소문이 있었지, 연애한다는
말을 들어본 적이 없어. 누군가가 말했다.
아니거든요. 누군가 답했고, 인간미가 없어,
사람이 좀 뭐랄까. 다른 누구는 이마를 살짝
찌푸렸다. 일은 잘하잖아. 박유미 정도면.

　예쁘구요.

　예전엔 더 예뻤어. 유미 차장도 이제
나이가…… 누군가의 긴 한숨과 함께 담배

연기가 허공에 흩뿌려졌다. 유미는 선호보다
다섯 살이 많았다. 직장 생활 20년 차였다.
선호는 11년 차. 부서는 달랐지만 오다가다
보는 사이. 선호는 과장, 유미는 차장이었다.
선호는 유미가 퇴사 준비를 하고 있다는
사실을 사귀기 시작하고도 한참 지나서
알았다. 파이어족. 그게 내 꿈이 될 줄
예전에는 몰랐는데. 유미는 복어 꼬리를 넣은
따뜻한 사케를 후, 하고 불어가며 마셨다. 안
비려요? 선호의 물음에, 그게 맛이죠, 라고
답했다.

　담배를 피우며 동료들과 수다를 떨 때면
선호는 자신의 뒤에서는 이들이 어떤 말을
할까 궁금했다. 유미와 만난다고 하면 어떤
반응을 보일까. 목구멍이 근질근질했다.
그래도 참을 수 있었던 것은 유미 얼굴이
떠올랐기 때문에. 그 꼭 다문 야무진 입매.

모인 이들 중에서 하나가 입을 계속 닫고
있으면 화제는 은근슬쩍 다른 쪽으로
옮겨갔다. 유미는 그중에 입을 다물고 있는
사람일 것이다. 선호는 유미를 만난 후로
자신도 침묵을 지키는 사람이 되고 싶었다.
하지만 그러한 자각은 언제나 한참 말을
쏟아낸 뒤에야, 퇴근해서 고요한 집 안에 누워
있을 때에나 밀려왔다. 유미에 비해 자신은 영
품위 없게 여겨졌다. 선호는 찜찜한 마음으로
잠자리에 들고는 했다.

　　상대가 어떤 사람인지 알아보려면 함께
술을 마셔보라는 말이 있다. 고스톱도 같이
쳐보고 가까운 친구들을 만나볼 것. 선호는
유미와 만나면서 술은 넘치도록 마셨다.
하지만 먼저 취하는 쪽은 대체로 선호였다.
선호는 술이 센 유미가 좋았다. 유미는
취해도 널브러지는 스타일이 아니었다. 그저

졸린 눈을 껌뻑댔고, 말이 조금 느려지고 부드러워졌다.

왜 있잖아, 그 영화 봤어요? 그 배우 잔근육이 말도 못 하게……. 선호는 유미의 입에서 처음 그런 말을 들었을 때 당황했다. 유미는 직설적인 말들을 업무 메일 훑듯이 잔잔하게 내뱉었다. 이 사람은 뭘까? 선호는 궁금했다. 난 내가 초고속 승진 해서 금방 임원이 될 줄 알았어. 신입 때는 다 그런가. 유미 역시 출세욕이 있다는 사실을 알게 되었고. 동물에게는 초능력이 있습니다. 물론 그것도 인간 중심의 휴머니즘……. 관심 분야도 다양했다. 죽은 가수가 꿈에 나와서 내 정수리 냄새를 맡았어요. 나는 부끄러웠어요. 왜냐면 머리를 감지 않아서. 게다가 귀여웠다. 상대가 귀엽게 보이면 게임 끝이라는 말을 이해했다. 유미의 중얼거림을 듣는 게 선호는

좋았다. 웃을 때 도드라지는 눈가의 주름과
조용한 웃음소리. 유미의 사적인 모습. 하지만
선호 역시 이미 취해 있는 경우가 많아 유미가
했던 말들을 잘 기억하지 못했다. 다만 유미의
어조와 둘 사이에 감돌던 온기, 유미의 작은
움직임과 가는 손목, 입술을 핥는 혀 같은
것들이 잔상처럼 남아 사라지지 않았다.
유미와 헤어진 다음 날이면 선호는 메시지를
보냈다. 혹시 제가 뭐 실수한 거 없어요?

　　없어요. 저는요?

　　선호의 얼굴에는 미소가 차올랐고 둘은
다음 약속을 잡았다.

　　어느 취한 밤, 유미는 평소처럼 나지막한
목소리로 이야기를 늘어놓다가 선호에게
물었다. 요즘 무슨 책 읽어요? 선호는
머리가 멍해졌다. 책이요? 아, 요즘 시간이
영……《정의란 무엇인가》? 선호는 자신

없이 말꼬리를 흐렸다. 1년 전쯤 누군가에게
선물받아 앞 몇 페이지만 읽고 덮은 기억이
있었다. 《정의란 무엇인가》? 유미가 되묻고는
고개를 끄덕였다. 말없이 술잔을 바라보던
유미가 고개를 들고 물었다. 그래서 정의란
뭐라던가요? 예상 밖의 질문에 선호는
당황했다. 음. 저스티스……. 선호는 얼굴이
달아올랐다. 유미가 웃었다. 저스티스? 그리고
술잔을 들어 건배를 청했다. 저스티스를
위하여. 선호는 유미를 바라보며 잔을 들었다.
유미의 볼과 귀가 붉게 물들어 있었다.
선호는 유미의 볼에 손을 대보고 싶었다.
유미는 이어서 뭐라 뭐라 말하기 시작했는데
이야기는 귀에 들어오지 않았고 다만 유미의
움직이는 입술에서 눈을 뗄 수 없었다. 집에
데려다주겠다는 선호의 말에 유미는 전처럼
거절하지 않았다. 그날 유미의 집 앞에서

선호는 유미의 입술에 자신의 입술을 대었고
손으로 그녀의 보드라운 귓불을 만져보았다.
하지만 유미의 집에 들어가지는 못했다.

　　다음 날 잠에서 깬 선호는 기지개를 켜며
저절로 나오는 웃음을 참을 수 없었다. 유미와
키스를 하다니. 그녀의 혀와 나의 혀…….
레즈 좋아하시네. 선호는 손바닥으로 얼굴을
감싼 채 웃었다. 혼자인데도 쑥스러웠다.
하지만 부풀었던 마음은 샤워를 하고 출근
준비를 하면서 조금씩 가라앉았다. 작고
날카로운 파편 하나가 머릿속을 은근히
헤집고 다니는 것처럼 어딘지 불편했다. 그게
뭘까.

　　선호는 회사 로비에서 엘리베이터를 탔다.
누군가 알아서 버튼을 눌렀다. 머리를 들어
층수를 알리는 숫자를 바라보았다. 숫자와
숫자 사이. 왠지 가장 못 견딜 것만 같은

순간들. 선호는 항문에 힘을 꾹 주었다. 빨간
숫자가 하나씩 바뀌는 어떤 순간 선호는 문득
파편의 정체를 알아챘다. 저스티스. 저스티스
때문이었다. 이 불편함의 원인은, 정의란
무엇인가, 그것이었다. 책. 책 때문에. 숫자가
8로 바뀐 후 문이 천천히 열렸다. 선호는
자신의 자리를 향해 한 걸음씩 내디뎠다. 그
책이 어디에 있더라.

　　유미는 방이 세 개 있는 빌라에 살고
있었다. 선호는 들어서자마자 그 집이
자가인지 전세인지 물을 뻔했다. 다행히
금방 다른 것에 눈길을 빼앗겼다. 와, 이걸
다 읽은 거예요? 유미의 집 거실 한쪽은
책장에 꽂힌 책들로 빼곡했고 서재로
쓴다는 가장 큰 방에도 세 벽을 책장이 모두
차지하고 있었다. 유미는 익숙한 질문이라는

듯 스스럼없이 대답했다. 두 번 읽은 것도
있어요. 선호는 유미가 또 다르게 보였다.
취미가 독서라고 유미가 말했을 때에 선호는
고개를 끄덕였지만, 특별한 취미가 없나 보다
했다. 전에 선호에게 무슨 책을 읽고 있는지
물었을 때를 제외하고는 서로 책 이야기는
한 적도 없었다. 혹시 만일을 대비해 《정의란
무엇인가》를 찾아서 읽어두긴 했으나 그
후로는 묻지 않아서 잊고 있었다. 정말 취미가
독서였네요? 선호의 말에 유미는 의아한
얼굴로 되물었다. 네?

　　둘은 저녁을 함께 만들어 먹었고 술을
마셨다. 유미는 주말에 독서 모임을 나가고
평일 야간에는 소설 창작 아카데미에
다닌다고 했다. 그런 말을 하며 유미는 전에
없이 술잔을 만지작거리거나 허공을 바라보며
쑥스러워했다. 와, 역시 선배는 계획이 다

있었군요. 그럼 작가가 되시는 건가요? 선호의
말에 유미는 진지한 얼굴로 고개를 저었다.
그게 쉬운 건 아니라서.

왜요? 선배는 잘할 거 같은데. 하지만
유미가 정말 작가가 되리라는 생각은 하지
않았다. 선호는 용기를 내어 유미의 손에
자신의 손을 올렸다. 멋있어요. 좋아해요.
그런 말을 했던 것 같다. 그날 밤 유미는 침대
위에서 선호의 바지 지퍼를 내렸다. 선호의
상상이 현실로 이루어지는 순간이었다.
아니, 상상보다 유미는 더 과감했다. 선호는
유미가 하라는 대로 움직였고 그게 선호를
더 흥분시켰다. 아침에 눈을 떴을 때 잠들어
있는 유미의 얼굴이 보였다. 밤에는 잘 보이지
않았던 새치와 주름 들. 그런 모습이 싫지
않았다. 선호는 유미의 잠든 모습을 찬찬히
뜯어보았다. 그러다 어느 순간 유미가 눈을

떴다. 유미는 선호의 얼굴을 몇 초간 바라보다 손으로 입을 가렸다. 급히 몸을 일으키는 유미를 선호가 잡았다. 잠깐만요. 선호는 유미의 정수리에 코를 갖다 댔다. 유미가 웃으며 선호를 밀쳤다.

자기는 내가 왜 좋아? 유미와 사귄 지 얼마 되지 않아 선호가 물은 적이 있다.

나랑 달라서.

우리가 많이 다른가?

비슷하기도 한데 다르죠. 그래서 좋은데.

또? 또 없어요?

음, 살냄새가 좋아. 심플해.

심플해?

마음에 차는 대답은 아니었다.

둘이 결혼할 때까지 고스톱은 함께 쳐보지 않았고 서로의 절친들은 한두 번 만나본 게 전부였다. 선호의 친구들은 대체로

왁자지껄했고 유미의 친구들은 수다스럽거나
아예 말이 없거나 했다.

유미의 나이를 듣고 선호의 부모는 아이
생각은 없는 거냐고 물었다. 딱히 없어요.
선호는 답했지만 아이 생각이 없는 것은
유미의 몸이라는 사실은 말하지 않았다.
유미의 몸. 내 난소 나이가 49세래요. 나보다
늙은 언니가 내 몸에 있네. 그 말을 할 때에도
술에 취해 있었던가. 선호는 내심 놀랐지만
내색하지 않았다. 쿨해야 한다고 생각했다.
그게 맞는 거라고. 부모의 이런저런 질문에
성의껏 답하는 척 앉아서 머리로는 유미를
떠올렸다. 정확하게 말하면 유미의 마흔아홉
살 먹은 난소를. 사실 둘을 반반씩 닮은
딸이 있으면 좋겠다는 생각을 하기는 했다.
하지만 그런 말은 아무에게도 할 수 없었다.
대신 선호는 부모가 좋아할 만한 이야기를

해주었다. 그 사람은 알뜰하고 돈도 많이
모아놨어요. 제가 안 벌어먹여도 될 만큼.
집도 있고요. 그런 말을 하면서 왠지 정의롭지
못한 기분이 들었고 그래서 언짢았다. 하지만
거짓말은 아니니까.

　　결혼하고 1년 뒤 유미는 퇴사했다.
애초 계획보다 4년이 늦어진 것이라고
했다. 유미는 22년간의 직장 생활로 혼자서
웬만큼 살 수 있을 정도로 돈을 모았다.
하지만 정확한 액수는 선호에게 말해주지
않았다. 지속적인 투자로 조금씩 돈을
불려나가야겠죠. 유미가 똑 부러지게 말했다.
회사에서 듣던 말투. 선호를 안심시키는.
선호는 유미의 손을 부드럽게 그러쥐었다.
이제 놀아요, 막 놀아. 내가 있잖아요. 유미의
표정이 한순간 느슨해졌다. 아, 참 듣기 좋은
말이네요.

선호는 유미의 퇴사 기념으로 고급
일식집을 예약했다. 커다란 접시에 아기
주먹만 한 음식이 정성스레 플레이팅되어
나왔다. 선호는 최고급 사케를 주문했다.
유미는 너무 비싼 데를 골랐다고 선호를
나무랐지만 가벼운 표정이었다. 박유미
차장님 그동안 고생 많으셨습니다. 선호는
고개를 숙여 보이며 술을 따랐다. 아리가또
고자이마스. 유미는 짐짓 공손하게 잔을
받으며 장난스레 대답했다. 존경합니다.
선호가 진심을 담아 말했다. 뭘, 존경까지.

파이어족이 계획에 없었던 것처럼, 자신이
유부녀가 되리라고는 생각지 못했다고 유미는
말했다. 유미의, 저렇게 단단한 사람의, 인생
계획을 변경시킨 것이 자신이라는 사실에
뿌듯함이 몽글몽글 피어올랐다. 유미의
남편이라니. 선호는 청혼을 수락하던 날의

유미를, 그날의 뜨거운 마음을 떠올리며
자신의 잔에 술을 채운 후 잔을 들어 올렸다.
건배.

　둘은 사케 두 병에 생맥주 세 잔을 마셨다.
사케는 유미가 거의 다 마셨고 선호는 맥주를
마셨다. 선호는 사케보다 맥주를 좋아했다.
오징어를 제외한 모든 해물을 좋아하는
유미와 달리 선호는 오징어를 제외하고 비린
것은 거의 다 싫어했다. 선호는 오징어를
좋아했다. 둘의 식성에서 교집합을 찾자면
익힌 야채와 오일파스타와 갓 지은 밥
정도였다. 선호는 튀긴 것을 유미는 구운 것을
좋아했다. 둘 다 야구를 좋아했지만 유미는
롯데, 선호는 삼성. 선호는 맥북을 썼고
유미는 그램을. 선호는 아이스 아메리카노,
유미는…… 선호는 비슷하지만 다르다고 했던
유미의 말을 조금씩 이해하고 있었다. 선호는

그날 밤 유미를 좀 더 세게 끌어안았다.
유미에게 자신이 꽉, 아주 꽉 맞고 싶었다.
서로에게 빈틈이 없기를 바랐다.

　　퇴사 후에도 둘은 함께 일어났다. 유미는
말간 얼굴로 선호가 출근하는 모습을
지켜봐주었다. 간단한 아침을 만들어주기도
했다. 선호는 혼자 가는 출근길이 허전해서
중간중간 메시지를 보냈다. 유미가 바로 답을
해주는 게 좋았다.

　　한 사람에게 시간적 여유가 생기자
둘의 루틴은 변해갔다. 여유가 있는 사람이
일하는 사람의 스케줄에 맞추었고 집안일도
주로 유미가 하게 되었다. 선호는 퇴근해서
현관문을 열 때 맡게 될 음식 냄새를 기대하게
되었다. 함께 저녁을 먹으며 선호는 회사에서
있었던 소소한 일들을 들려주었고 유미는
경청했다. 자기는 오늘 뭐 했어? 선호의

물음에, 뭐 그냥, 청소하고 밥하고 책 읽고.
이렇게 말하니까 나 완전 주부 같네. 유미가
샐러드를 덜어 자신의 그릇에 담으며 말했다.
선호는 잘 먹지 않는 것. 주부 싫어? 선호가
물었다. 응? 유미는 대답하기 곤란하거나
싫을 때 그런 식으로 되물었다. 응? 네? 하고
마는 버릇. 선호가 오징어볶음을 밥에 올리며
무슨 얘기를 하려는데, 참, 나 내일 저녁에
수업 가요. 앞으로 두 달간은 금요일 저녁에.
소설반 새로 등록해서. 유미가 말했고 선호는
아, 하며 그저 고개를 끄덕였다. 원래 하려던
말이 떠오르지 않았다. 무슨 말을 하려고
했더라. 식사를 마치고 선호는 샤워를 하면서
곰곰이 생각해보았다. 이런 기분은 뭘까.
우유도 물도 아닌 맹맹하고 뿌연 기분.
　　다음부터는 나랑 상의 좀 해요. 잠자리에
누웠을 때 선호가 말했다. 뭘요?

뭐든. 그냥 통보하는 식 말고. 내일은 금요일이잖아.

유미는 잠깐 말이 없다가 그러겠다고 했다. 화났어? 선호는 물으면서도 이건 내가 들어야 하는 말 아닌가 생각했다. 유미는 고개를 저었다. 화는 무슨. 왠지 그런 생각이 들어서.

무슨?

유미는 말이 없었다. 선호는 다시 물었다. 무슨 생각? 유미가 선호를 향해 고개를 돌리고는 응? 나 졸려, 하고 눈을 감았다. 선호는 가볍게 한숨을 쉬고 유미에게 입을 맞추었다. 잘 자. 내일은 내가 저녁 해둘까? 뭐 먹고 싶은 거 없어요? 선호의 물음에 유미는 잠깐의 침묵 뒤에 작게 말했다. 별로.

유미의 수업은 7시부터라고 했다. 집에서 꽤 거리가 있는 곳이니 밤 10시나 되어야

돌아올 것이다. 일찍 퇴근한 선호는 청소기를
돌리고 빨래를 했다. 라면을 끓여 맥주와
함께 먹었다. 거실에 앉아 지난 프리미어리그
경기를 훑어보며 틈틈이 시계를 보았다.
보통 금요일에는 각자 좋아하는 안주를
만들어 함께 술을 마셨다. 주말의 계획을
짜거나 영화를 보았다. 그리고 섹스. 늦게
일어나도 되니 마음껏 섹스. 저녁 9시가 넘어
유미에게서 문자가 왔다. 이제 출발해요.

　　집 안으로 들어서는 유미의 얼굴은 조금
상기되어 있었다. 유미가 씻는 동안 선호는
바지런히 움직여 저녁을 차렸다. 선생님이
맘에 들어. 유미가 식탁에 앉아 처음 꺼낸
말이었다. 선생님? 응, 이번 수업 선생님.
누군데? 유미는 낯선 이름을 대면서 아마
모를 거라고 했다. 내가 좋아하는 작가.
그래? 다행이네, 어떤 작간지 궁금한데. 나도

읽어봐야겠다. 하지만 유미는 선호의 말에
별 반응을 보이지 않았다. 선호는 기분이
상했다. 유미가 자신을 무시해서라기보다
선호의 말이 진심이 아니라는 것을 이미
알고 있는 것 같아서. 그런 생각을 하자,
유미가 자신을 오해하고 있다는 착각이 들어
더 기분이 가라앉았다. 선호는 밥을 푸며
무심한 척 물었다. 남자야? 유미는, 응? 어,
했다. 유미는 식사를 하며 그날 수업에 관해
이야기했다. 스무 편도 넘게 썼다는 어린
남자애도 있고 한 편 써본 게 전부인 나이
지긋한 어머님도 있고. 그런 건 흔한 일이지만
첫 수업엔 어쩐지 작아진다고. 다들 나보다
나은 것 같고. 유미는 술에 취한 것도 아닌데
다른 날보다 말이 많았다. 기분이 좋다는
신호. 선호는 유미의 말을 들으며 잔에 물을
따라주었다. 한참 뒤에서야 유미가 물었다.

그런데, 자긴 밥 먹었어요?

매주 금요일, 선호는 잡생각을 의식적으로
접기로 했다. 혼자만의 시간을 즐기자.
어차피 유미는 돌아올 거니까. 내 아내니까.
마음이 조금 가벼워졌다. 각자의 시간을
갖는 것이 서로에게도 필요하다고. 물론
유미는 나와 달리 혼자만의 시간이 차고
넘치겠지만. 또다시 생각이 안 좋은 쪽으로
흘러가자 마음은 다시 가라앉았고 선호는
머리를 흔들어 생각을 쫓아냈다. 소파에 누워
유미라면 결코 고르지 않을 예능 프로그램을
몰아서 보고, 유미라면 결코 주문하지 않을
배달 음식을 주문했다. 유미의 서재에 들어가
책 제목만 쭉 훑어보기도 했다. 《거미여인의
키스》《복종》《광대 샬리마르》……. 선호가
읽어본 책은 거의 없었다. 《애크로이드
살인 사건》은 읽어본 것 같은데, 아닌가?

《파우스트》는 많이 들어봤고. 선호는 입을 삐죽 내민 채 책을 빼서 몇 장 넘겨보다 다시 꽂아 넣었다. 어떤 금요일에는 친구들을 만났고, 또 어떤 날에는 컴퓨터 앞에 앉아 결혼 전에 받아두고 잊었던 포르노를 스킵하며 보기도 했다. 원래 유미의 서재였던 곳에 앉아, 나란히 놓인 유미의 책상을 보며. 죄책감이 더해져 짜릿했다. 다음엔 유미에게 함께 보자고 해볼까, 유미의 컴퓨터에는 어떤 게 있을까. 한번 열어볼까, 하다 고개를 저었다. 어차피 비밀번호도 모르는데. 그러다, 밥 먹었어요? 뭐 사 갈까? 하는 유미의 메시지가 오면 금세 미안해졌다. 유미가 오기 전에 서둘러 구석구석 청소기를 돌리고 쓰레기를 버리러 나갔다. 주차장에서 유미의 차를 기다렸다가 함께 올라올 때면 가방을 들어주고 어깨를 감싸며 말했다. 재밌었어?

금요일은 착실하게 찾아왔다. 돌아오는 금요일에 유미는 수업 후 수강생들과 술자리가 있다고 했다. 선호는 동료들과 저녁을 먹기로 했다. 동료들은 신혼 생활과 유미의 안부에 대해 이것저것 물었지만 왠지 대화는 겉도는 느낌이었고 항상 그렇듯이 정말 하고 싶은 말은 선호가 없을 때 나눌 것이라는 사실을 알았다. 일찌감치 집으로 돌아온 선호는 청소도 빨래도 하지 않았다. 대신 홀로 치킨에 맥주를 먹으며 게임을 하다가 거실에 누워 초능력자가 나오는 드라마를 보았다. 자정이 넘어서도 유미에게서는 아무 연락이 없었다. 한참 전에 보낸 메시지에도 답이 없어 전화를 했다. 신호가 몇 번이나 간 후에야 유미의 목소리가 들렸다. 택시 타면 문자 할게. 목소리 밖으로 시끄러운 소음이 들려왔다. 선호는 미간을

찌푸렸다. 조심히 와요. 표정과 다른 말을
하고 전화를 끊었다. 소파 테이블 위에
널브러진 치킨 포장 상자와 맥주 캔을 보며
선호는 가볍게 한숨을 내쉬었다. 손에 힘을
주어 빈 캔을 찌그러뜨렸다. 남아 있던 맥주가
흘러나와 손가락으로, 바닥으로 주르륵
떨어졌고 선호는 나직하게 욕설을 내뱉었다.

　　유미는 새벽 1시가 넘어 도착했다.
예상과 달리 술에 취한 것 같지는 않았다.
많이 늦었죠. 유미가 미안한 눈빛으로 선호를
보았다. 그 눈빛에 금방 마음이 풀렸다.
걱정돼서 그렇지 뭐, 하며 유미의 팔을
쓰다듬고 입술을 갖다 댔다. 유미가 선호의
손에서 팔을 빼며 물었다. 술 마셨네?

　　냄새 나? 맥주 두 캔. 모임은 재밌었고?

　　뭐, 맨날 소설 얘기지.

　　자기 진짜 소설가 되는 거야? 베스트셀러

써서 그, 무슨 상이지? 한강이 받은 그런 것도 막 타고.

유미는 웃었다. 등단이라도 했으면 좋겠다.

등단이 뭔데? 선호의 얼굴을 보고 유미는 웃음을 잠깐 멈췄다가 다시 웃으며 고개를 절레절레 흔들었다. 지금 나 무시했지. 선호가 짐짓 화난 듯 물었다. 선호 씨.

왜요, 유미 씨.

안 피곤해?

나도 보여줘.

응?

유미는 또 모르는 척했다.

소설. 자기가 쓴 거.

선호는 침대에 누워 유미를 기다렸다. 잠시 후 유미가 속옷 차림으로 침대 위로 올라왔다. 보여줄 거지? 선호는 다시 물었다.

뭘? 유미는 대답 대신 선호에게 올라타
목덜미에 키스했다. 선호는 유미의 엉덩이를
세게 그러쥐었다. 선호가 다시 물으려는데
유미의 혀가 선호의 입을 막았다. 선호는
자세를 바꾸어 유미 위로 올라가려 했지만
유미가 팔에 힘을 주며 선호를 제지했다.
유미는 전희도 없이 선호의 성기를 잡고
자신의 안으로 밀어 넣었다. 그리고 점점
더 격렬하게 허리를 움직였다. 유미의 손이
선호의 목을 눌렀다. 흥분한 유미는 팔에
더 힘을 주었고 선호는 숨이 막혔다. 아,
잠깐만, 아! 참지 못한 선호가 유미의 팔을
쳐내며 마른기침을 했다. 마치 잠에서 깬 듯한
얼굴의 유미가 숨을 거칠게 내쉬며 선호를
내려다보았다. 선호가 손을 들어 목을 쓸었다.
아프잖아. 선호가 허리를 살짝 비틀자 유미는
몸을 떼고 누웠다. 침실에는 둘의 숨소리만이

한동안 머물렀다. 선호가 유미의 가슴을
천천히 쓰다듬었다. 이런 식으로 섹스를 끝낼
수 없었다. 하지만 유미는, 나 화장실 좀, 하고
자리에서 일어나 욕실로 향했다. 우리가 이런
적이 있었던가, 이런 적은 없었는데. 욕실로
따라 들어가야 하나, 생각하다 선호는 설핏
잠이 들었다. 얼마 지나지 않아 소변이 마려워
선호는 잠에서 깼다. 자리에서 일어났는데
유미가 없었다. 선호는 은은한 두통을 느끼며
거실로 나왔다. 유미는 서재에 있었다. 컴퓨터
앞에 앉아 타닥타닥 키보드를 두드리다가
선호를 보고 손을 멈추었다. 안 잤어요?
유미의 얼굴이 모니터 불빛을 받아 빛났다.
뭐 해?

　　뭐 좀 하느라.

　　소설 쓰나 보네.

　　유미는 웃으며 고개를 끄덕였지만

입꼬리만 올렸을 뿐 진짜 웃지는 않았다.
선호가 하품을 하며 유미 곁으로 가자 유미는
컴퓨터를 끄고 자리에서 일어났다. 나중에 나
꼭 보여줘야 돼. 선호가 몇 번이나 강조하고
나서야 유미는, 나중에, 라고 마지못해 답했다.
유미가 잠든 뒤에도 선호는 한참 깨어 있었다.
사실 그동안은 유미가 뭘 하든 그냥 그런가
보다 했다. 글을 쓴다는 것도 그저 열심히
일한 파이어족이 여가를 보람 있게 보내는
방법 정도로 여겼다. 그러니까, 취미 활동.
무얼 읽고 어떤 이야기를 쓰는지보다 유미가
만나는 사람들이 좀 더 궁금했다. 유미가
말했던 소설반 선생의 이름을 검색해본
적은 있었다. 작가의 사진을 확인한 뒤로는
안심했다. 그러고는…… 그래, 나는 크게
궁금하지 않았구나. 연애와 결혼 생활까지
2년이 넘어서야 선호는 그 사실을 되새겼다.

하지만 그건 유미도 마찬가지 아닌가. 내가
혼자 있을 때 뭘 하는지. 내가 하는 게임이나
운동 같은 것. 아닌가? 서재에서 무언가 쓰고
있던 유미의 얼굴. 그 눈빛. 선호는 그 표정을
떠올리며 어떤 감정이 생겨나는 것을 느꼈다.
내가 잠들면 가만히 일어나 저렇게 서재에서
보내다 오는 밤이 많았을까? 누군가와
대화를 하고 있었던 건 아닐까? 그, 소설
쓰는 사람들과? 몇십 편을 썼다는 어린애와?
아니면…… 그 작가? 에이, 설마. 선호는
머리를 흔들었다. 생각이 길고 가느다랗게
뻗어나갔다. 일치했던 마음의 선이 세밀하게
엇나가는 느낌. 그걸 질투라고 말할 수
있을까. 질투라는 단어가 선호는 마음에 들지
않았다. 아니라고 생각하자. 그렇게 하자,
마음먹고 다시 잠들기 위해 머리를 비우려
애썼다.

주말에도 유미는 서재에서 주로 시간을 보냈다. 함께 밥을 먹고 뉴스를 볼 때에도 유미는 어딘가에 정신이 팔려 있었다. 다음 주에 소설을 내야 하는데 마무리를 아직 못 했어. 유미가 말했다. 이번 주만 양해 부탁해요. 양해? 양해라는 단어에 선호는 웃었지만 유미의 얼굴은 진지했다. 무슨 그런 말씀을. 마음껏 쓰세요. 내 신경 쓰지 말고. 선호는 옷을 갈아입고 집을 나섰다. 일요일 오후였다. 피트니스 센터에 가서 열심히 달렸다. 땀을 흠뻑 흘리고 샤워를 했는데도 머리 한쪽이 무거웠다. 유미에게 정말 중요한 것은…… 선호는 그런 생각을 하다 정신을 차렸다. 맛이 갔네, 강선호. 스스로 혀를 차며 웃었다. 나도 책이나 읽어볼까. 선호는 자신의 생각에 대답을 하듯 고개를 끄덕이며 집으로 돌아왔다. 그때까지만 해도 유미의 컴퓨터를 볼 계획은 전혀 없었다.

　　선호는 그날 저녁 오므라이스를 만들었다.
글은 잘돼가? 선호는 시판용 수프를 데워
유미에게 건넨 후 맞은편에 앉았다. 회사만
안 다니면 내가 정말 정말 잘 쓸 줄 알았거든?
유미는 씁쓸한 얼굴로 고개를 저으며 말했다.
그런데, 아니야. 어린 친구들 보면 부러워.
역시 난 너무 늙었나. 선호는 유미의 말에
반박하며 용기를 북돋아줄 만한 말들을
생각했다. 나이가 뭐 어때서. 촌스럽게. 하지만
내심, 적은 나이는 아니지, 생각했다. 그래도
자기는 이룬 게 많잖아. 경험도 많고. 잘될
거야. 선호의 말에 유미는 숟가락을 들며
심상한 어투로, 고마워, 하고는 오므라이스를
먹기 시작했다. 선호는 그런 유미에게 되묻고
싶었다. 정말? 정말 고마워? 얼마나 고마운데?

　　식사를 마친 유미는 다시 서재로

돌아갔다. 수프는 손도 대지 않은 채 덩그러니 남아 있었다. 선호는 식은 수프를 싱크대에 쏟아버리려다 후루룩 마셨다. 설거지를 한 후, 혼자 사는 연예인들이 출연하는 예능 프로그램을 몰두해 보았다. 그러다 메시지 알림이 와서 보니 유미였다. 텔레비전 소리 좀 낮춰줄래? 선호는 꼭 닫힌 서재 문을 바라보았다. 텔레비전 소리를 낮추며, 유미의 진심이 두려워졌다. 왠지 저 사람은 해낼 것 같다는 느낌. 선호는 휴대폰으로 소설가 되는 법을 검색해보았다. 문창과, 등단, 투고, 응모 등등의 말들을 삼사십 분 정도의 검색으로 알게 되었다. 작가가 되는 일은 생각보다 훨씬 어려워 보였다. 하지만, 된다면? 축하해줘야지. 그렇게 생각하면서도 선호는 은근히 불안했다. 설마. 설마? 설마라니. 이것은 남편으로서, 좋은

파트너로서의 자세가 아니다. 내가 이런 저열한 인간이었다니. 정의는 어디로 갔나. 선호는 자책하며, 머리처럼 마음도 똑같이 돌아가기를 바랐다. 하지만……

선호는 서재 문을 조심히 두드린 후 문을 열고 빼꼼히 안을 들여다보았다. 유미가 고개를 들었다. 욕조에 물 받아놓을게. 이따 한 30분 뒤에 나와요.

유미가 반신욕을 하러 들어간 것을 확인한 후, 발소리를 죽여 재빨리 서재로 향했다. 유미가 혹시라도 나오는 소리가 들리면 자신의 책상으로 옮겨 앉아 있으면 그만이었다. 유미의 컴퓨터 모니터는 그대로 켜져 있었다. 선호가 볼 거라는 생각을 못 했을 것이다. 보호 화면이 작동되기 전에 선호는 마우스를 움직였다. 심장이 묵직하게 뛰기 시작했다. 귀는 바짝 바깥으로 열어놓고

재빨리 문서 파일을 클릭해보았다. 폴더가
주르륵 떴다. 투자 자료, 읽기 자료, 필사,
소설반, 가계부, 일기, 시를 쓰자, 두루미,
오징어, 칠면조. 선호는 어떤 폴더를 열어봐야
할지 망설여졌다. 열어보지 말까. 이것은
머리의 소리. 선호는 자신이 결국 마음의
소리를 따라 뭐든 열어보리라는 것을 이미
알고 있었다. 투자 자료 폴더 위에 커서를
잠깐 올렸다가 일기를 클릭했다. 파일은
연도별로 정리되어 있었다. 가장 최근 것을
열었다. 9. 3. 날씨 흐림. 오늘의 기분과 비슷.
레이캬비크의 눈보라 속에 홀로 서 있고 싶다.
가본 적도 없는 곳에 대한 향수라니. 9. 2.
책 구매. 앨리스 먼로처럼 쓰려면 서양에서
태어나야 했다. 적어도 캐나다. 전생이
없는 것처럼 후생도 없겠지만. 8. 29. 싫다.
이런 기분. 불가능한 기분. 미용실. 생리.

46세. 여성. 동양인. 유부녀? 소수성에 귀 기울이라는 선생님의 말씀. 내 인생 자체. 8. 27. 뭔가 자꾸 잊는다. 메모를 하자. 늦여름의 저녁 냄새는 내가 사랑했던 모든 이들의 냄새 같다. 영화 관람. 나는 졸렸는데 선호는 좋아함.

사랑했던 모든 이들? 선호는 사랑, 이라는 단어에 눈이 멈췄다가 자신의 이름을 보고 심장이 더 크게 뛰었다. 내가? 내가 뭘 좋아했지? 겨드랑이와 두피에서 땀이 솟아나는 게 느껴졌다. 좀 더 훑어보다 파일 창을 닫았다. 욕실은 아직 조용했다. 두루미를 클릭하자 가족들의 생일, 경조사, 월별 스케줄이 나왔다. 다음은 오징어. 폴더 안에는 단 하나의 파일만이 들어 있었다. 폴더명은 장편. 클릭.

0. 오징어에 관한 고찰

K는 사타구니를 긁고는 냄새를 맡아보았다. 사람들이 경악하는 행동이라는 것을 K도 알고 있었다. 자기들도 다 그러면서. 출근을 해야 한다. 겨드랑이와 사타구니의 냄새를 감추기 위해 데오드란트 같은 것도 좀 뿌리고. 냄새를 바꾸면 본성도 달라진 것 같은 착각이 든다. 그러므로 약간의 향수는 필수다. K는 오늘도 출근을 하기 위해 지하철에 올랐다.

연체동물문 두족강 십완목에 속하는 오징어. 타우린, 베타인, 산화트리메틸아민, 글루탐산, 단백질. 학명은 Doryteuthis bleekeri Kefer-stein. 학자들이란. ……우리는 왜 그것을 오징어라고 부르게 되었는가. 징. 징이라니. 원래는 오징어가 아니었다. 한자에서

비롯된 이름은 오적어. 까마귀 오, 적 적, 물고기 어. 수면 위에 떠서 까마귀를 유인해 잡아먹었다는 의미로 오적어. 까마귀를 잡아먹는 물고기. 정약전의 자산어보. K는 만원 지하철 안에서 천재 형제와 오징어에 대해 생각했다. 오적어. 오증어. 오징어. 까마귀를 잡아먹어서가 아니라 적이 오면 검은 먹물을 쏘기 때문에 오적어가 아닐까. K는 오징어에 대해 생각하며 오징어의 세계로, 그 차가운 바닷속 미지의 세계로 천천히 가라앉았다. ……이것은 인간이 아니다. 어쩌면 인간과 가장 먼 무엇. 마복림 떡볶이와 말머리성운의 관계 같은 것. 우리 집안과 부르봉가의 관계 같은……? 다리도 아니고 팔도 아니고 눈도 아니고 입술도, 먹물도 아니다. 사실 그것은 어쩌고저쩌고, 라고 말할 수밖에 없는, 인간의 말로는 설명

불가능한 그들만의 것, 인간이란 무엇인가, 엄마가 아빠를 죽였다고 치자. 그 소식을 들었을 때 가장 먼저 당신의 머릿속에 드는 생각은 무엇인가? 아빠의 죽음? 아니다. 이제 나는 뭐가 되는 건가. 사람들은 나를 뭐라고 부를까, 인간이란 그런, K는 회사로 들어가 컴퓨터 앞에 앉았다. 어제 작성한 제안서를 보며 안경을 고쳐 썼, 맞은편 신입 사원 0의 목덜미가, 사무실의 습도는, 검정 스타킹을 손톱으로, 그녀의 사타구니에서는, 58세라는 여자는 예순이 넘은 게 분명했고, 겨드랑이의 피부는 털을 뽑아낸 닭의……

이게 뭐지? 선호는 모니터를 채운 글을 빠르게 띄엄띄엄 훑어 내려가면서 점점 위화감에 빠졌다. 장편이라는 걸 보면 소설인데. 소설의 주인공은 K인 것 같았다.

남자는 대기업의 제품개발팀에서 일하는
30대 남자였다. 오징어맛 스낵을 만드는 일에
골몰한 남자. 그리고 온라인으로 50대 이상의
여자들만 골라서 만나는 남자. 남자는 소위
'누나들'의 '시들어가는 피부' 애호가였다.
그리고 적나라한 묘사들. 선호는 자신의
심장이 쿵쿵 뛰는 것을 느꼈다. 머리까지
울리는 느낌이었다. 그러다 욕실에서 무슨
소리가 들린 것 같아 재빨리 창을 닫았다.
마우스를 클릭하는 손에 식은땀이 찼다.
마지막으로 칠면조 폴더를 열어봐야 했다.
시간이 너무 오래 지났나. 들키면 안 된다.
선호는 촉각을 곤두세운 채 빠르게 칠면조를
클릭했다. 그 안에는 사람 이름으로 보이는
제목의 폴더들이 열 개 남짓 들어 있었다.
선호의 이름도 있었다. 심장이 내려앉는
동시에 욕실 쪽에서 분명한 소리가 났다.

선호는 입술을 깨물며 컴퓨터 창을 닫고
자신의 책상 의자로 재빨리 엉덩이를
옮겼다. 유미는 금방 나오지 않았다. 선호는
발소리가 나지 않게 조심하며 서재에서 나와
소파에 앉아 텔레비전을 켰다. 휴대폰을
열어 아무거나 클릭했다. 드라이어 돌아가는
소리가 들렸다. 좀 더 보고 올걸. 다시 가볼까.
망설였으나 위험한 생각이었다. 선호는
귓불을 손으로 만져보았다. 뜨거웠다. 유미가
눈치채는 일은 없겠지. 컴퓨터 창을 제대로
닫은 건 맞겠지. 잠깐, 아까 서재 문이 열려
있었던가. 그건 어차피 유미도 기억 못 할
테니 상관없다. 선호는 싱크대로 가 찬물로
얼굴을 몇 번 씻어 내렸다. 알아서는 안 될
비밀을 훔쳐본 기분. 비밀번호가 걸려 있다는
것은 비밀이라는 말이니 훔쳐본 것이 맞다.
하지만 유미가 내 컴퓨터 비번을 알려달라면

알려줄 수 있다. 아니, 폴더 몇 개만 삭제하면.

선호는 밀려오는 죄책감을 합리화하려

애써보았다. 그러나 그보다 오징어, K라는

남자, 사타구니, 같은 단어가 머릿속을 휘젓고

다녔다. 선호는 고개를 돌려 겨드랑이 냄새를

맡아보았다. 보지 말걸. 이 기분. 주위에 뿌연

재가 부유하는 듯한. 재들은 느리지만 결코

손에 잡히지 않지. 마치 조롱하듯 나를 피해

어지럽게 떠다닌다. ……이런 기분. 한마디로,

아주, 좆같은 기분. 유미는 왜. 왜…… 글을

쓰는 걸까. 왜, 저런, 이상한 글을. 도대체

칠면조 파일 안에 든 것은 무엇일까. 왜

내가 거기에 있을까. 다른 사람들은 누굴까.

전 애인들인가. 선호는 휘몰아치는 생각의

파도에 잠식당했다.

　　멍청하게 텔레비전 화면을 보고 있는데

욕실에서 유미가 나왔다. 샤워 가운을 입고

선호의 옆에 앉았다. 유미가 선호의 어깨에 머리를 기대며 물었다. 뭐 했어?

응? 선호는 뜨끔했다. 뭐 재밌는 거 있어? 유미는 화면을 보며 다시 물었다. 맨날 보는 거지 뭐. 유미가 선호에게로 시선을 돌렸다. 맨날 봐도 재밌어? 선호는 응? 응, 하고 얼버무렸다. 이 여자가 뭘 알고 묻는 건 아니겠지. 그럴 리가 없다. 하지만 선호의 심박은 빨라졌고 무언가 바뀌었음을 느꼈다. 원래는 선호가 하던 말을 유미가, 유미가 하던 식의 대답을 선호가 하고 있었다. 선호는 유미 눈을 피해 리모컨을 들었다. 시간이 지난 후 선호는 이때를 후회했다. 그때 바로 물어볼걸. 그게 뭐냐고. K라는 변태는 누구며, 칠면조 안에 정렬된 파일들은 다 뭐냐고. 보여달라고. 지금 당장. 하지만 선호는,

뭣 좀 먹을까? 아무렇지 않은 척 말했다.

칠면조가 숨어 있어

그럴까? 뭐 먹지. 유미가 고개를 숙여 자신의
발을 쓰다듬었다. 유미의 하얗고 긴 목덜미와
부드러운 어깨선. 선호는 유미가 고개를 들어
눈을 맞추며 또 무언가 물어볼까 두려웠다.
선호는 유미의 목덜미에 코를 갖다 대고 숨을
크게 들이쉬었다. 선호의 입김이 닿은 유미의
목덜미에 사르르 소름이 돋았다. 선호는 가운
속으로 손을 집어넣었다. 탄력을 잃어가는
따뜻한 유미의 가슴. K는 늙은 여자의 몸을
좋아한다고? 유미가 몸을 움츠리며 선호의
손을 뺐다. 차가워. 선호는 유미의 가운을
벗겼다. 춥다니까. 선호는 유미의 말을
무시하고 셔츠를 벗었다. 안아줄게. 선호가
맨몸으로 유미를 안았다. 유미의 부드럽고
따뜻한 피부가 선호의 살에 닿았다. 얇고
나약한 유미의 피부. 49세의 난소를 지닌,
늙어가는……. 여기서 하자고? 유미의 물음에,

아니, 그냥 잠깐만 이러고 있자. 선호는
유미를 안은 팔에 힘을 주었다. 꽉. 유미가
잔기침을 하며 선호의 품을 벗어나려 했다.
숨 막혀. 무슨 일 있어? 선호는 다시 유미를
끌어안았다. 아무리 힘을 주어 끌어안아도 꽉
맞는 느낌이 들지 않았다. 선호는 팔의 힘을
풀고 머리를 유미의 품에 묻은 채 한동안
그렇게 있었다. 유미는, 오늘 이상하네, 하며
선호의 머리를 쓰다듬었다. 그러다 선호의
귀에 속삭였다. 선호 씨. 좀 씻어야겠다.

선호는 샤워를 하며 겨드랑이와
사타구니를 박박 문질렀다. K는 누굴까.
나인가? 개발팀의 K. 오징어 과자를
만든다고? 왜 하필 오징어? 선호도
개발팀이었다. 물론 과자를 개발하는 쪽은
아니었지만. K는 강. 역시 나인가.

잠든 유미의 옆에 누워서도 선호는

갈등했다. 다시 유미의 파일들을 읽어보고
싶었다. 하지만 비밀번호를 모르니까. 혹시
생일이나 결혼기념일 같은 건 아닐까?
선호는 모로 누워 작게 한숨을 내쉬었다.
그렇게 간단할 리가 없지. 유미의 규칙적인
숨소리가 들렸다. 선호는 몸을 돌려 유미의
잠든 얼굴을 바라보았다. 그런 글은 아무것도
아니다. 나와 함께 가장 많은 시간을 보내는
사람이 내가 전혀 알지 못하는 모습으로 나를
기만할 리 없지. 누구에게나 사생활이 있는
거니까. 선호는 끊임없이 자신을 납득시키려
애썼다. 그러다 결국 선호는 침실에서
조용히 빠져나와 다시 서재로 향했다.
유미의 컴퓨터를 작동시켰다. 비밀번호를
입력하세요. 유미의 생일을 넣어보았다.
비밀번호가 맞지 않습니다. 선호는 유미의
컴퓨터 화면을 멍하니 바라보다 자신의 책상

의자에 앉았다. 컴퓨터를 켜고 폴더들을
하나씩 열어보았다. 사진 폴더에는 옛 연인과
찍은 사진들, 심지어 나체로 찍은 사진도 들어
있었다. 조별 업무라는 폴더 안에 분기별로
나누어둔 폴더. 거기에 무엇이 들어 있는지
선호는 이미 알고 있었다. 나름 분류해서
저장해둔 포르노들. 많지는 않았다. 자주
보는 것도 아니었고 나쁘다고 생각하지도
않았다. 병원에서 정자 검사를 할 때에도
보여주는 것들인데 뭐. 그저 수컷의 길티
플레저랄까. 유미의 컴퓨터에도 있을지도.
이런 건 아무것도 아니다. 그런데, 이걸
유미가 본다면? 전 애인과의 사진이라든가,
동영상 같은 거. 그럼 얘기는 달라진다.
하지만 선호는 아무것도 지우지 않기로 했다.
기억하고 싶거나 소중해서는 아니었다. 물론
선호의 컴퓨터는 지문 인식을 해야 잠김이

풀리는, 보안이 철저한 제품이었기에 유미가
볼 확률은 제로에 가까웠다. 게다가 선호가
아는 유미라면 선호의 물건에 함부로 손대지
않을 것이다. 유미는 역시…… 인간미가 좀
없나. 선호는 예전에 유미에 대해 누군가가
했던 말을 떠올렸다.

　선호는 한글 파일을 열었다. 오늘 날짜를
썼다. 일기라는 건 초등학교 이후로는 써본
적이 없었다. 선호는 망설이다 키보드를
누르기 시작했다. 아내는 비밀이 많은 것
같다, 라고 쓰고 지웠다. 오늘은 아내의
컴퓨터를 보았다, 라고 쓴 후 아내를 유미로
바꾸었다. 유미의 소설을 보면 제정신이 아닌
것 같다. 파일 안에 내 이름이 있는 것을
보았다. 괜찮다. 내 컴퓨터에도 다른 여자가
있다. 그녀의 이름은……. 선호는 자신이 쓴 몇
줄의 글을 다시 읽어보았다. 이것은 일기가

아니다. 선호는 유미가 보았으면 하는 글을
자신이 쓰고 있다는 것을 깨달았다. 이 마음을
뭐라고 해야 할까. 선호는 파일명을 일기라고
썼다가 칠면조로 바꾸었다. 유치하다는
생각이 들었다. 게다가 칠면조라는 글자만
보고 있어도 마음이 상하는 것 같았다.
선호는 무제로 파일명을 바꾼 후 컴퓨터를
껐다. 서재를 나와 선호는 조용히 유미 옆에
누웠다. 컴퓨터에 몇 줄 적은 것이 전부인데
신기하게도 마음이 차분해졌다. 파도가
가라앉았다. 일기, 오징어, 칠면조. 무언가를
짐작하는 마음과 그 무언가가 분명히
존재함을 아는 것. 그리고 그것을 실제로,
두 눈으로 확인하는 것은 각각 차원이 다른
문제라는 것을 선호는 실감했다. 하지만,
그러므로, 크게 중요한 건 아닐 것이다.
내게 그 사진들이나 동영상들이 아무것도

아닌 것처럼. 그러나 바다는 변덕이 심하지, 잔잔하고 싶다. 영원히. 하지만 그런 건 바다가 아닌가? 생각하며 선호는 잠이 들었다. 며칠 후 선호는 무제 파일명을 칠면조로 다시 바꾸었다. 그리고 매일매일 칠면조를 바라보는 연습을 했다.

그 후로도 둘은 일상을 살아나갔다. 몇 번쯤 선호는 또다시 궁금함을 참지 못해 유미의 컴퓨터를 해킹하려는 시도를 했으나 실패했다. 그럴 때마다 선호는 일기를 썼고 일기는 때때로 길어져 자신이 무슨 말을 쓰고 있는지 모를 때도 있었다. 그래도 둘은 함께 식사를 했고 하나가 나가면 하나를 기다렸고, 서로를 안고 토닥이고 혀와 몸을 섞었다. 나란히 외출을 하고 남의 결혼식과 남의 장례식에 다녀오기도 했다. 시간이 흐르며 선호는 조금씩 책을 읽기 시작했지만 여전히 누워서 텔레비전 보는 것을 더 좋아했다.
유미는 간혹 자신이 쓴 글을 선호에게
내밀었다. 하지만 선호가 보았던 오징어에
관한 글은 아니었다. 유미는 선호가 책 읽는
것을 좋아했다. 모임에 관한 이야기도 전보다
구체적으로 들려주었다. 좋아하는 작가의
책을 선물해주기도 했다.

　　나, 일기 써. 선호가 마트에서 버섯을
고르다 충동적으로 말했다. 왜 하필 그때
그런 말을 했는지 선호도 알지 못했다. 아무런
준비도 없이 말이 먼저 툭 튀어나올 때가
있으니까. 유미의 눈이 커졌다. 선호가 잘
보지 못한 표정. 정말? 동그란 유미의 눈을
보며 선호가 말했다. 정말. 유미는 빙그레
웃으며 선호의 팔에 자신의 팔을 꼈다. 나도
쓰는데. 유미가 작게 말했다. 그럼 우리 일기
교환해서 볼까? 재밌을 거 같지 않아? 선호가

버섯을 카트에 담으며 제안했다. 유미는 버섯

옆의 파프리카를 들어보며 말했다. 이거 사다

샐러드 해 먹자.

싫어? 선호가 물었다.

응?

일기.

유미가 카트를 밀며 다른 코너로

향했다. 선호는 집요해졌다. 대답해봐. 싫어?

유미가 답을 하지 않을수록 파도가 조금씩

끓어올랐다. 유미는 소스 코너에 멈춰 서서

물건들을 훑어보며 말했다. 그냥 좀.

좀? 뭐? 선호는 이번만은 답을 들을

작정이었다.

……무섭잖아.

무섭다고? 파도는 급히 다시 가라앉았고.

자긴 안 무서워요? 완전히 잔잔해졌다.

뭐가 무섭냐고 묻지 않았다. 선호는 유미의

말을 이해했다. 너무 잘 이해되어 어리둥절할
정도였다. 소스를 고르는 유미의 목덜미를
바라보며 선호는 문득 따뜻하고 부드러운
모래사장을 맨발로 걷고 싶다고 생각했다.
혼자 말고. 유미와 함께. 각자의 모래를
밟으며 나란히, 아니면 앞서거니 뒤서거니도
괜찮겠지. 선호는 자신도 모르게 혼잣말을
내뱉었다. 뜬금없네.

　뭐가? 유미가 고개를 돌려 선호를 보았다.

　응? 우리 휴가 때 따뜻한 나라에 가자.
아니, 뜨거운 나라에. 맨발로 다니자.

　유미는 갑자기 이게 무슨 말인가, 하는
얼굴로 선호를 보다가 이내 고개를 끄덕였다.
그래, 가요.

　둘은 일주일 치 장을 봐서 차에 싣고
집으로 향했다. 가서도 일기 쓸 거예요?
선호의 물음에, 유미는, 써야죠, 했다. 매일은

아니고, 하며 웃었다. 유미의 작은 웃음소리가 듣기 좋았다. 집에 도착할 때까지 둘은 말이 없었다. 짐을 들고 엘리베이터에 올랐을 때 유미가 입을 열었다. 그런데, 일기인데도 누가 보게 될 것 같다는 기분, 자기도 들지 않아? 어릴 때 검사받았던 기억 때문인가. 선호는 답하지 않았다. 엘리베이터가 멈췄고 문이 열렸다. 나중에 교환해서 보자. 늙으면. 응? 유미의 말에 선호는, 어? 어. 늙으면, 하고는 현관문을 열었다. 선호는 작은 공 하나가 몸 안에서 조금씩 형태를 부풀려 움직이는 것을 느꼈다. 슬픔과 가장 가까운 모양이라고 생각했다.

12. 1.

칠면조는 얼굴과 목에 털이 없다. 누가 그

부위만 털을 뜯어낸 것처럼. 머리는 시퍼렇고
목 부위는 붉은색의 우둘투둘한 피부가
늘어져 있다. 수컷에게는 이마에서부터
돋아난 돌기가 있는데 나이가 들면서 점점
자라나 부리 아래까지 늘어진다. 탄력 없는
붉은 돌기가 걸을 때마다 덜렁거린다.
인간으로 치자면 코가 있어야 할 부위인데
그건 코가 아니다. 그걸 처음 보았을 때 내가
가장 먼저 떠올린 이미지는, 그것. 여자의,
그것. 물론 그렇게 긴 클리토리스를 본 적은
없지만. 나만 그런 생각을 하는 것은 분명
아닐 것이다. 당신도 비슷하지 않을까?
하지만 그런 생각은 서로 말하지 않는다. 영
품위가 없는 대화가 될 테니. 어쨌든, 그런
게 수컷의 얼굴 정중앙에 있다니. 나는 한참
칠면조의 사진을 자세히 뜯어보았다. 아무리
보아도 익숙해지지 않는 외모. 칠면조. 일곱

가지 얼굴을 가진 새라고? 기괴한 외모로는 남부럽지 않지만 그렇게나 많은 얼굴을 가진 것처럼은 보이지는 않는데. 하지만 칠면조는 자신의 이름을 모르고…….

작가의 말

    이 소설을 쓸 때에는 어떤 계절이었을까.
이렇게 무덥지는 않았겠지, 생각하며 파일을
다시 열어보았습니다. 이 작품은 올해 2월에
마무리를 했습니다. 그때는 참 추웠을 텐데
지금은 잘 기억이 나지 않습니다. 이 여름도
이 더위도 결국엔 지나가고, 가을이 오고
겨울이 오면 또 잊힐까 생각하니 어쩐지 좀
쓸쓸합니다. 계절은 반복되겠지만 무언가
자꾸 잊고 있다는 느낌 때문인 듯합니다.
    이 소설을 쓰면서 글 쓰는 사람의 고독에

대해 생각했던 것 같습니다. 그런 의미로 저는 글을 쓰지 않고도 충만한 삶을 사는 이들을 간혹 부러워합니다. 최근에 영화 〈퍼펙트 데이즈〉를 보았습니다. 하루 종일 노동하고 귀가해서 책을 읽거나 술 한잔 기울이는 삶이 부러웠습니다. 일과를 끝낸 후 눈을 감을 때 아무런 미련이 없어 보이는 삶이 부러웠습니다. 뒤척이지 않는 밤이요. 물론 주인공에게도 말 못 할 개인 사정이라는 게 있겠지만요. 아마 잠이 들 때에도 눈을 뜰 때에도 계속해서 무언가에서 벗어나지 못하는 제 자신이 요즘에는 힘에 좀 부치는 것 같습니다. 이것이 제가 원했던 삶이라는 걸 알면서도 말이죠.

　저와 마찬가지로 작품 안의 인물들도 잠을 설치게 만들어서 조금 미안한 마음이 들기도 합니다. 하지만 그것이 우리를 좀

더 인간적으로, 좀 더 나은 쪽으로 향하게
한다고 믿습니다. 그러한 믿음이 저를 쓰게
하는 것 같아요. 이런 제게 고개 끄덕여주는
당신이 있어서 위안이 됩니다. 오늘 밤은 그런
당신에게 감사를 전하고 싶어요.

계절이 바뀌고 우리는 늙어가겠지만
그래도 멈추지 말아요. 이것은 다짐이기도
하고 바람이기도 합니다.

모두 시원하고 평안한 밤 보내시기를.

2024년 여름

위수정

위수정 작가 인터뷰

Q. 《칠면조가 숨어 있어》는 언뜻 평온해 보이는 결혼 생활에 실금이 가기 시작하는 과정을 그린 작품입니다. 사내 커플로 시작해 부부의 연을 맺은 '유미'와 '선호', 두 사람의 결혼 생활은 특별히 어려울 일도 고민할 일도 없이 흘러가는 듯하지만, 유미가 퇴직하고 소설을 쓰기 시작하며 선호는 자신이 알지 못하는 유미에 대한 궁금증을 키워가지요. 이 소설은 어떻게 출발하게 되었는지 여쭙고 싶습니다.

A. 소설을 시작할 때 이번엔 어떤 이야기를 써볼까, 생각하며 멍하게 앉아 있는 시간이 긴 편입니다. 생각을 하고 있는 것도 하지 않는 것도 아닌 상태로 하루 종일 텔레비전 앞에 앉아 있기도 하고요. 그런 날은 눈으로 뭘 보고 있는지도 잘 모른

채 그저 시간을 흘려보내버린 것 같아서
불안해하며 잠자리에 듭니다. 이 작품을 쓸
때에도 비슷했어요. 그러다 '문득' 모티브가
떠오를 때가 있는데 거기에서 소설이
시작되기도 합니다. (문득이라고 쓰지만 사실
그게 문득, 이 아니었다는 말을 하고 싶어서
서론이 길어졌습니다. 아니었다, 라기보다는
'아니었기를 바라는 마음'이라고 해야 더
정확하겠네요.) 이 소설을 쓸 때에는 '복병이
숨어 있다'는 문장을 계속 생각했어요. 하지만
아시다시피 이 문장에는 오류가 있어요.
복병이라는 단어에 이미 숨어 있다는 의미가
들어 있으니까요. 그래서 칠면조로 바꾼 건
아니지만…… 어쨌든 일상의 '복병'에 대해서
쓰고 싶은 마음이 작품의 시작이었습니다.
많은 이들이 무난하게 살아가고 있는 듯
보이지만 실은 각각의 균열을 나름의

방식으로 극복하거나 극복하지 않은 채로
수긍하며 살아가는 것이 일상에서는 어쩌면
당연한 일처럼 여겨지기도 해요. 나도 나
자신과 화해하며 살기 힘든 게 인간이기도
하니까요.

Q. 작품은 이런 문장으로 시작합니다. "마음에 말을 담아놓는 상자가 있다고 하자. 상자에는 말이 나오는 구멍이 있다. 구멍에는 거름망이 있는데 유미는 상자의 거름망을 촘촘하게 잘 조절해서 적절한 말만 딱 꺼내어놓는 사람이었다."(7쪽) 반면 선호는 나름대로 "침묵을 지키는 사람이 되고 싶"어 하지만 그러지 못해 집에 돌아와서 "찜찜한 마음으로 잠자리에 들고는" 하고요.

유미는 말을 함부로 내어놓는 사람이 아니기 때문에, 또 함부로 꺼내어놓을 필요성을 느끼지 않기 때문에 선호는 그런 유미에게 호감을 느끼기도 하고 의심의 싹을 틔우기도 하는 듯해요. 작가님은 상자의 거름망이 촘촘하신 편인지, 혹은 "고요한 집 안에 누워 있을 때"(10쪽) 후회하시는 편인지 궁금합니다.

A. 슬프게도 저는 선호 쪽인 것 같아요. 선호와 마찬가지로, 유미처럼 말실수를 거의 하지 않고 필요한 말만 적절하게 하는 사람을 부러워하는 쪽입니다. 저는 언제나 좀 지나치게 말을 많이 하지 않았나 고민하는 스타일이에요. 반면 유미 같은 사람들은 설령 말실수를 했다 해도 크게 신경 쓰지 않을 유형 같기도 해요. 아마 저 역시도 어떤 경우에는 실수를 했는지조차 인식하지 못한 채 지나간 적도 많을 텐데, 보통은 후회를 많이 해요. 이불 킥도 잘하고요. 제 생각엔, 그런 점에 있어서는 대부분의 소설가들이 자신을 선호 쪽에 가깝다고 생각하지 않을까, 하는데 그것도 저만의 오해일지도 모르겠어요.

Q. 제목에 관한 이야기도 여쭙고 싶습니다. '칠면조'는 선호가 우연히 발견한 유미의 컴퓨터 속에 있는 폴더 이름이에요. "그 안에는 사람 이름으로 보이는 제목의 폴더들이 열 개 남짓 들어 있"고, "선호의 이름도 있었"어요.(46쪽) 작품이 끝날 때까지 선호는 그 폴더들을 열어보지 못하고, 그렇기 때문에 더더욱 칠면조 안에 무엇이 들어 있을지 생각하는 것을 멈출 수 없습니다. 새로운 폴더를 생성하면 폴더명에 여러 새들의 이름이 무작위로 배정되고는 하지요. 그중에서 어떻게 칠면조를 선택하게 되셨는지 들을 수 있을까요? 칠면조는 몸집이 크고 화려한 새다 보니 다른 새들보다 숨어 있기가 더 어렵겠다는 생각도 들고, 작품 마지막 일기에서 언급하듯 "일곱 가지 얼굴을"(61~62쪽) 가졌다는 점에서 각자가

가진 비밀과 사생활을 떠올리게 하기도
했어요.

    A. 이미 좋은 해석을 해주셨네요. 일단은
칠면조라는 이름이 매력적이었어요. 전에는
칠면조라고 하면 유명한 샌드위치 가게의
메뉴가 떠오르는 정도였는데 작품 생각을
하면서 보니 전혀 다르게 보였어요. 일단
생긴 것부터가 제가 쓰려는 소설과 너무
잘 맞아떨어져서, 왜냐하면, 귀엽거나 예쁜
것과 거리가 멀지만 계속 보게 되는 매력이
있다고 할까요. 그렇다고 제 글이 그렇게
매력적인지는 모르겠으나, 그저 그렇게 쓰고
싶었다고 생각해주시면 감사하겠습니다.
여하튼 칠면조의, 아무리 보아도 익숙해지지
않는 외모가 마음에 들었어요. 하지만
칠면조의 이름이나 외모로 인해 '드러나지

않은 사생활이나 비밀의 다양한 레이어'로
바로 의미화되지는 않았으면 하는 마음도
있습니다. 말씀하신 대로 그저 자연스럽게,
우연히 붙게 된 폴더명으로 여겨져도
좋겠다는 생각입니다.

Q. 베스트셀러 작가가 되는 거냐는 선호의 물음에 "등단이라도 했으면 좋겠다"던 유미는 "등단이 뭔데?" 하고 묻는 선호에게 고개만 절레절레 흔들며 대답하지 않아요.(32쪽) 그러자 선호는 유미가 자신을 무시하고 있다고 느낍니다. 그런데 선호는 사실 유미를 별로 궁금해하지 않잖아요. 유미가 왜 다니던 직장까지 그만두고 소설을 쓰는지, 어떤 소설을 쓰는지, 무슨 책을 그렇게 읽는지 관심을 기울이지 않아요. 오히려 소설가가 될 리 없다고 생각하고 있지요. 유미에게 소설은 작은 일탈일 뿐, "어차피 유미는 돌아올 거니까. 내 아내니까"(28쪽)라고 되뇝니다. 먼저 상대방을 무시했던 건 선호이지 않을까 싶었던 대목이었어요. 선호라는 인물은 어떻게 그려내게 되었는지 들을 수 있을까요?

A. 음, 이 질문을 받으니 선호가 너무 단순한 인물로 다가갈 수도 있을 것 같다는 생각이 드네요. 하지만 저는 선호가 유미를 별로 궁금해하지 않거나 관심을 기울이지 않는다고는 생각지 못했어요. 유미를 무시한다고는 더더욱. 오히려 선호는 유미가 두려웠던 거 아닐까요. 좀 더 구체적으로 말하자면, 유미의 내면을 들여다보는 일이 두렵지 않았을까요. 소설이라는 것. 글쓰기라는 것은 쓰는 사람의 내면이 투영되는 작업이기에 그것을 보는 사람은, 특히 사랑하는 이가 쓴 글이라면 자신이 몰랐던, 모르고 싶었던 어떤 부분을 알게 될까 봐 두려운 마음이 들 것 같습니다. 아무래도 저는 쓰는 일을 직업으로 하고 있어서 선호보다는 유미 쪽에 가까운 삶을 살고 있지만 가족들이 제가 쓴 글을 본다고

하면 저 역시 박수 치며 좋아하기보다는
조금 꺼려진달까, 걱정이 된달까 하는 마음이
들어요. 물론 제가 쓰는 글의 스타일이 그다지
착하거나 밝은(?) 쪽이 아니라서 더 그런 걸
수도 있겠네요. 혹시 제 글을 읽고 마음이
다치지는 않을까 하는 걱정이 들기도 해요.
기우겠지만요.

　　다시 질문으로 돌아가서, 선호라는 초점
화자를 구상하면서 가장 먼저 떠올린 것은
문학에 거의 문외한인 인물이 문학을 하는
파트너를 만날 때 갖게 되는 마음은 어떤
것일까, 였어요. 평범한 인물이 글을 만나게
되는 과정을 써보고 싶었습니다. 그리고
그 점은 이 작품의 중심 동력이기도 한 것
같습니다. 인물을 그릴 때 언제나 신경 쓰는
부분이기도 하지만, 선호 역시 호감이 가거나
거부감이 드는 인물로 설정하지는 않았어요.

그저 어디엔가 있을 법한 한 사람으로

그리려고 애썼습니다.

Q. 그런 선호가 영 밉기만 한 인물인가 하면······ 저는 조금 재미있었거든요. 물론 유미의 컴퓨터에 수차례 접근하려고 하면서 본인 컴퓨터는 최첨단 지문 인식으로 잠가놓은 데다 옛 연인과 찍은 사진들까지 보관하고 있지만, 유미를 따라 조금씩 책을 읽어보기도 하고 일기도 쓰잖아요. "나랑 달라서" 좋다는 유미에게 "우리가 많이 다른가?" 하고 묻는다거나(18쪽) "유미에게 자신이 꽉, 아주 꽉 맞고 싶었다. 서로에게 빈틈이 없기를" 바라는(23쪽) 순진함도 갖고 있고요. 유미의 마음을 확인받고 싶어 하고 유미를 소설이나 소설을 같이 쓰는 사람들에게 빼앗기지 않으려 하고, 능숙한 유미에게 기대고 싶어 하면서도 동시에 유미가 자신에게 의지했으면 하는 마음들이 저한테는 아주 익숙한 사랑의 형태라는

생각이 들었거든요.

연인이나 배우자라고 해서 그렇게까지 속속들이 서로에 대해 알아야 할까, 알 수 있을까, 그럴 필요는 없지 중얼거리며 잠들더라도 다음 날 아침이 되면 그래도 가장 깊은 곳에 숨겨둔 마음까지 알고 싶어지고, 그런데 그 마음이 내가 원하는 모양이 아니면 어떡하지, 영영 모르는 편이 좋겠다 두려워하기도 하고. 어떤 때는 차라리 상대방이 완벽한 거짓말로 속여줬으면 하는 양가감정이 사랑의 중요한 한 요소로 느껴져요. 그래서 "무언가를 짐작하는 마음과 그 무언가가 분명히 존재함을 아는 것. 그리고 그것을 실제로, 두 눈으로 확인하는 것은 각각 차원이 다른 문제라는 것을 선호는 실감했다"(55쪽)는 문장에 눈길이 멈췄고요. 너무 알고 싶고, 알고 싶은 만큼 무서운 상대의 진심 앞에서 어떻게 해야 할까요?

　A. 이 질문은 앞선 질문의 답과 이미
연결돼 있는 것 같네요. 결국에는 사람
사이의 '관계'와 '사랑'에 관한 이야기를
하지 않을 수 없겠지요. 아마 나와 무관한
이의 마음에 대해서는 크게 궁금하지도,
상처 받을 일도 없을 거예요. 상처 받아도
금방 잊게 되거나. 하지만 가까운 사람의
경우라면 이야기가 달라집니다. 소설에서
보게 되는 선호의 마음이나 행동이 "아주
익숙한 사랑의 형태"라고 말씀하신 부분에
동의합니다. 끊임없이 상대가 어떤 사람인지
확인하고 싶어 하고 더 알고 싶어 하지만 결국
그 끝을 알지 못한 채 관계는 마무리되기
마련입니다. 어떤 식으로든 우리는 이별하게
되니까요. 어떤 관계는 의심으로 끝나고 어떤

관계는 믿음을 가장한 무관심으로 향하기도
하겠지요. 물론 단단한 신뢰로 이루어진
관계도 있을 겁니다. 하지만 인간이란 자신의
내면도 잘 읽지 못하는 경우가 많아서 타인의
마음을 온전히 이해하기란 불가능하다고
생각해요. 나는 무슨 짓을 해도 '나'이기
때문에 허용 가능한 일들이 상대가 했을
때에는 상처가 되는 것도 당연한 것이겠죠.
특히 '글'이나 '말'은 내가 원하는 의미를
온전히 전달하는 것이 애초에 불가능한
기호이기 때문에 더더욱 의미에 공백이 생길
수밖에 없습니다. 사실 의미라는 것도 기호에
묶여서 자유롭지 못하지만요. 결국 우리가
사용하는 언어만큼만 의미가 생성되는 것
아닐까요. 글을 쓰는 이유도 그 의미에 조금
더 세심하게 다가가기 위해, 그러므로 어떤
고정된 의미에서 좀 더 자유롭기 위함인 것

같습니다. 그러므로 내가 안다고 믿었던(믿고 싶었던) 것과는 다른 상대의 진심이나 비밀 앞에서 어떻게 행동할 것인가보다는 그러한 사건을 통해 선호 역시 글 쓰는 행위에 동참하게 된다는 점이 중요하다고 생각합니다. 뭐 그렇다 해도 가까운 이의 비밀은 그저 모르는 채로 덮어두는 게 낫지 않을까 해요. 적어도 함께 보내는 시간이 많은 상대의 진심은 어떻게든 드러나기 마련이고 그 점이 가장 중요한 거라고 믿어요. 그게 인간관계에서 덜 예민해지는 방법 같기도 하고요. 상대에 대해 깊이 알수록 그만큼 균열이 생기기 마련이니까요. 하지만 그런 욕망은 또 참기 힘들 것 같기도 하고…….

Q. 선호는 유미의 장편소설만큼이나 일기에도 신경을 곤두세웁니다. 그리고 "유미가 보았으면 하는 글을"(55쪽), 일기를 쓰기 시작하지요. 처음 쓴 일기에는 이런 구절이 있습니다. "파일 안에 내 이름이 있는 것을 보았다. 괜찮다. 내 컴퓨터에도 다른 여자가 있다."(54쪽) 이건 선호가 말했듯 유미가 읽었으면 하는 글이지, 선호의 진짜 속마음이나 일기와는 다르지요. 그러면서 선호는 "자신이 무슨 말을 쓰고 있는지 모를 때도 있었다"고 생각해요.(56쪽) 유미 또한 선호에게 기어코 일기를 보여주지 않으려 하면서 "그런데, 일기인데도 누가 보게 될 것 같다는 기분, 자기도 들지 않아? 어릴 때 검사받았던 기분 때문인가"라고 합니다.(60쪽)

일기를 쓰면서 종종 조마조마해지는 기분은 누구나 한번쯤 느껴봤을 것 같아요.

그래서 선호처럼 일기에 이게 내 말인지
남의 말인지 모를 글들을 끄적이기도 하고요.
어쩌면 일기를 포함한 모든 종류의 쓰기는
보이는 곳에서 이루어지기 때문일지도
모르겠다는 생각이 들었어요. 아무도 볼 수
없는 곳, 마음 깊은 곳에 담아두었던 말들을
어딘가에 꺼내놓는다는 것은 언제든 들킬
수 있는 위험을 감수한다는 의미잖아요.
그래서 일기에 거짓말을 쓰기도 하고, 어떤
때는 거짓말일까 진심일까 스스로도 모르게
되지요.

　　작가님은 일기를 쓰시는 편인지, 일기를
쓸 때 어떤 생각들을 하시는지 나눠주실 수
있을까요?

　　A. 일기에 관해 흥미로운 말씀을
해주셨습니다. 맞아요. 생각해보면 일기란,

적어도 제게 있어서는 가장 이상한 종류의
글쓰기 방식 같아요. 어렸을 때 학교에서
일기를 검사받았던 경험 때문일까요, 아니면,
모든 종류의 글쓰기란 흔적이 남는 것이기에
독자(그것이 자신이라고 해도)를 상정해둘
수밖에 없는 작업이기 때문일까요. 저 역시
일기를 쓸 때, 특히 어떤 감정에 대해 서술할
때에는 가장 솔직한 방식으로 쓰려고 애를
써요. 하지만 솔직하게 쓴다고 하면서도
문장이나 표현을 신경 쓰고 있는 저를 보게
될 때가 많아요. 일기를 쓰면서도 퇴고를 하고
있는 거죠. 직업병일 수도 있겠다 생각하는데
자꾸 그렇게 되는 게 불편해요. '나'라는
독자를 신경 쓰는 것인지, 그렇다 해도 결국
쓰는 나와 읽는 나의 갭이 생겨버리기 때문에
과연 솔직한 글이라는 것은 어떤 것일까, 잘
모르겠다는 마음. 그래서 가끔은 일기 쓰는

일이 정말 일처럼 여겨져서 미루게 되기도 해요. 최근에 휴대폰을 바꿨는데 거기에 일기 쓰기 기능이 있더라고요. 매일 정해진 시간에 알람이 울리는데 그때 오늘 있었던 일이나 기억해야 할 에피소드 같은 것들을 기록해요. 감상은 가장 단순한 방식으로 서술하거나 아니면 쓰지 않게 되었어요. 그래도 일기 쓰는 일은 습관이 되면 좋은 것 같아요. 일처럼 여겨져도 최소한의 글쓰기를 매일 한다는 의미로 필요하다고 생각합니다. 가능하면 매일 쓸 수 있기를.

한 조각의 문학, 위픽 (wefic)

이서수 《첫사랑이 언니에게 남긴 것》
이경희 《매듭 정리》
송경아 《무지개나래 반려동물 납골당》
현호정 《삼색도》
김 현 《고유한 형태》
이민진 《무칭》
김이환 《더 나은 인간》
안 담 《소녀는 따로 자란다》
조현아 《밥줄광대놀음》
김효인 《새로고침》
전혜진 《고르디우스의 매듭을 자르면》
김청귤 《제습기 다이어트》
최의택 《논터널링》
김유담 《스페이스 M》
전삼혜 《나름에게 가는 길》
최진영 《오로라》
이혁진 《단단하고 녹슬지 않는》
강화길 《영희와 제임스》
이문영 《루카스》
현찬양 《인현왕후의 회빙환을 위하여》
차현지 《다다른 날들》
김성중 《두더지 인간》
김서해 《라비우와 링과》
임선우 《0000》
듀 나 《바리》
한유리 《불멸의 인절미》
한정현 《사랑과 연합 0장》
위수정 《칠면조가 숨어 있어》
천희란 《작가의 말》
정보라 《창문》

위픽은 위즈덤하우스의 단편소설 시리즈입니다.
'단 한 편의 이야기'를 깊게 호흡하는
특별한 경험을 선사합니다.

이 작은 조각이 당신의 세계를 넓혀줄
새로운 한 조각이 되기를.
작은 조각 하나하나가 모여
당신의 이야기가 되기를.

당신의 가슴에 깊이 새겨질
한 조각의 문학, 위픽

위픽 뉴스레터 구독하기
인스타그램 @wefic_book

- 61

칠면조가 숨어 있어

초판 1쇄 인쇄 2024년 8월 26일
초판 1쇄 발행 2024년 9월 11일

지은이 위수정
펴낸이 최순영

출판2 본부장 박태근
스토리 독자 팀장 김소연
편집 곽선희 김해지 이은정
디자인 이세호

펴낸곳 ㈜위즈덤하우스 **출판등록** 2000년 5월 23일 제13-1071호
주소 서울특별시 마포구 양화로 19 합정오피스빌딩 17층
전화 02) 2179-5600 **홈페이지** www.wisdomhouse.co.kr

ⓒ 위수정, 2024

ISBN 979-11-7171-711-8 04810
979-11-6812-700-5 (세트)

값 13,000원